여름의 빛

sempé
여름의 빛

장자크 상페 지음 양영란 옮김

VACANCES
by
JEAN-JACQUES SEMPÉ

이 책은 실로 꿰매어 제본하는 정통적인 사철 방식으로 만들어졌습니다.
사철 방식으로 제본된 책은 오랫동안 보관해도 손상되지 않습니다.

상페의 인물

자크 레다 (시인)

상페를 좋아하지 않는 사람을 상상하기란 쉬운 일이 아니다. 만일 그런 사람이 실제로 존재한다면, 그 사람은 예술에 있어 정량화하기는 어렵지만 의심할 여지 없이 확실하게 완벽성에 도달했으면서도, 그러한 완벽성에 관해 스스로 미안하다는 태도를 보이는 그 무엇도 좋아할 수 없을 것이기 때문이다. 그러므로 차라리 오직 상페만 좋아하는 사람을 상상하는 편이 수월하다. 그런 사람이라면 예술에 있어 완벽함을 미안해하는 독특한 취향에 이미 훈련된 상태이므로, 이러한 특성이 뚜렷하게 드러나면서도 제 역할을 하는 다른 분야들까지도 쉽게 포용할 수 있을 테니 말이다.

상페가 유머러스한 데생 기법을 완벽하게 구사한다고 여긴다면 그건 착각이다. 물론 그가 그런 기법을 완벽하게 구사하는 건 맞지만, 이 말은 그가 보여 주는 예술의 성격과 관련하여 어느 정도 뉘앙스를 줄 필요가 있기에 그렇다는 뜻이다. 상페의 삽화가 웃음을 자아낸다는 것은 분명하다. 그러나 이때의 웃음은 오히려 미소에 가깝다. 그 웃음은 갑작스레 발작적으로 터져 나오는 웃음이 흔히 그러듯이 웃는 이를 탈진하게 만들지 않는다. 상페의 그림에는 미진한 무언가, 명쾌하게 설명하기 어려운 무언가가 있는데, 그 망설임은 예술가 자신의 망설임이다. 그는 주저하는 마음을 감추려 하지 않고 등장인물들이 자리하고 있는 간결한 공간 속에 그대로 드러낸다. 고작 몇 개의 선, 암시적인 몇몇 디테일을 통해 표현되는 상페 데생의 이면은 철학자나 사회학자, 소설가의 이면이면서 동시에 나무랄 데 없는 시적 세계를 보여 준다는 점에서 시인의 이면이라고도 할 수 있다. 상페는 아주 하찮은 것에서 실존의 한 순간, 개인의 인생이며 장소의 필연성과 하나 되는 순간, 제2의 본성과도 같은 아비투스 혹은 본질적인 주변 환경이 암묵적으로 드러나는(상페는 상징주의적 태도와는 거리가 멀다) 현실을 포착하는 데 능하다. 암시 내지는 에둘러 말하는 곡언의 예술이랄까. 상페는 배꼽을 잡고 웃는 것처럼 격렬한 반응을 일으킬 법한 곳이 아닌, 예상하기 어려운 경락의 어느 한 지점에서 뾰족한 침의 위력이 나타나도록 한다. 마치 유능한 침술사처럼. 그렇게 되면 우리는 광대뼈 근육이 위쪽으로 움직이면서 소리 없이 슬쩍 미소 짓기 마련이다.

그림 속 인물들(이들은 모두 수줍음이 많거나 겁을 집어먹고 있다는 공통점을 갖는다)에게 명확히 드러나는 겸손함은 그의 작품에서 뿌리 깊은 요소다. 이는 어떤 의미에서 본질적인 구성 요소라고 할 수 있다. 상페는 분명 자신이 그리는 인물들을 사랑할 터인즉, 우선 그들 속에서 자신을 발견하기 때문이다. 아울러 은행의 이사회라든가 기념 건축물의 준공식, 토요일 저녁의 무도회 또는 사이클 선수의 시합처럼 중요하다고 여겨지는 사건들이 이어지는 가운데, 뭐랄까, 다소 공상에 가까운, 하지만 사랑스러운 균열도 그들 속에서 발견할 수 있기 때문이다. 그의 데생 어디에서나 상페의 인물은, 기업가나 어린 소녀의 모습을 하고 있든 아마추어 첼로 연주자 또는 시장에서 돌아오는 가정주부의 모습을 하고 있든, 우리가 그 인물에 대해 기대하는 바와 실제 모습 사이에 작은 편차가 있음을 보여 준다. 아니, 오히려 지나치게 완벽한 일체감을 보여 준다고 말하는 편이 더 정확할 수도 있다. 미세한 차이가 되었든 과도한 일체감이 되었든 빼어나게 잘 구현되므로 사실 차이나 대조라고 말하기도 쑥스럽다. 이렇듯 상페의 인물은 자신도 잘 모르는 가운데 항상 상페의 곁을 지킨다. 이 점이야말로 우리가 상페의 인물을 친근하게 여기게 되는 너그러운 희극성의 원천이다.

사람들이 상페의 형이상학과 윤리에 대해서는 충분히 언급하지 않는 편인데, 이 두 가지는 행동에서 드러나므로 상세한 설명을 필요로 하지 않기 때문일 것이다. 요컨대 그의 형이상학과 윤리는 일반적으로 말 또는 주석 따위를 동반하지 않는다. 이것들은 군더더기처럼 오히려 핵심을 약화시킬 수도 있다. 상페의 인물은 자신에게 당혹감을 안겨 주는 거대한 침묵의 공간에서 움직이거나 갇혀 있다. 인물은 그 공간 속에서 자신의 야심을 펼치고 몸부림쳐 보지만, 늘 혼자다. 공간의 침묵은 그 모든 것이 허망하다는 사실을 예감하게 한다. 조금 더 나아간다면, 그는 자신에게 전혀 도움이 되지 않는 사회적인 이정표 가운데 문득 길을 잃고서 엄습해 오는 고독감의 크기를 가늠해야 하는 비극적 인물이 되고 말 것이다. 그러나 그 같은 휘청거림의 순간은 오래 지속되지 않는다. 우리는 그가 곧 이전의 모습을 회복할 것이라고 예상할 수 있다. 소심함 또는 부주의 때문에 애를 먹는 그를 영웅이라고 부르기는 어려울 것이다. 정직한 이라면, 아무런 오만함도 부끄러움도 없이 덤덤하게, 그가 자신과 별반 다르지 않은 평범한 사람임을 인정하게 될 것이다. 상페의 인물은 그가 지닌 천진함 덕분에 우스꽝스러움에서 벗어난다. 인물은 이러한 천진함 속에서 예상치 못한 뜻밖의 용기, 심지어 무모함이라고 할 수 있을 어떤 것까지도 길어 낸다. 그 때문에 우리는 폭풍을 예고하는 무시무시한 구름이 몰려오는 텅 빈 벌판 한가운데로 자전거를 타고 달리는 상페의 인물을 만나게 되는 것이다. 그 인물은 물론 멀리 가지 못한다. 그러나 중도에서 되돌아오지도 않는다. 사람들은 믿음을 가지고 그를 〈친구들의 카페〉에서 기다린다. 그는 그곳에 반드시 도착할 것이다. 그는 결국 우리와 같은 부류니까. (여러분은 상페의 데생 속에서 안쪽 구석 테이블에 앉아, 책에 코를 박고 있는 나를 볼 수 있을 것이다.)

sempé 1989

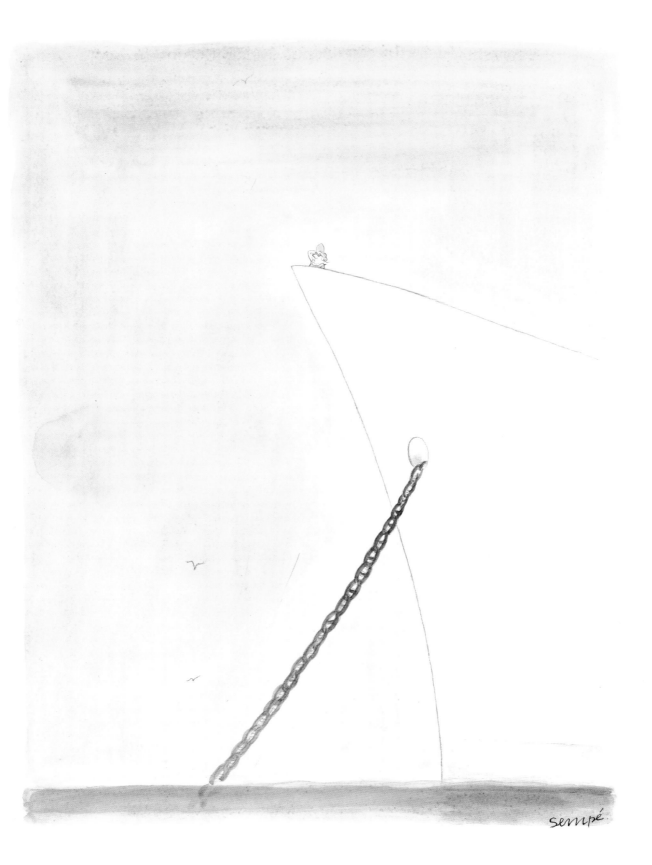

sempé.
1989

옮긴이 **양영란**

서울대학교 불어불문학과와 동 대학원을 졸업하고, 프랑스 파리 제3대학에서 불문학 박사 과정을 수료했다. 『코리아 헤럴드』 기자와 『시사저널』 파리 통신원을 지냈다. 옮긴 책으로 『잠수복과 나비』, 『지금 이 순간』, 『꾸뻬 씨의 핑크색 안경』, 『아가씨와 밤』, 『작가들의 비밀스러운 삶』, 『철학자의 식탁』 등이 있으며, 장자크 상페의 책으로는 『진정한 우정』, 『상페의 어린 시절』, 『상페의 음악』, 『상페의 스케치북』 등이 있다.

여름의 빛

지은이 장자크 상페 **옮긴이** 양영란 **발행인** 홍예빈·홍유진 **발행처** 주식회사 열린책들
주소 경기도 파주시 문발로 253 파주출판도시 **대표전화** 031-955-4000 **팩스** 031-955-4004
홈페이지 www.openbooks.co.kr
Copyright (C) 주식회사 열린책들, 2024, *Printed in Korea.*
ISBN 978-89-329-2444-1 03860 **발행일** 2024년 7월 15일 초판 1쇄 2024년 8월 30일 초판 4쇄